屯　堡 建置附

延慶衛乃蕞爾岩疆，在宇宙中，特太倉一粟耳。然邊關重地，舉凡屯堡之興廢，有唇齒相依之義焉。其間建置，以佐金城湯池之盛，類非虛設。有志者隨時補救而聿新焉，可乎？

衛屬關南地方：

北沙澗 距衛五十五里。

衛屬關溝地方：

南口城 衛南十五里。

腰店村 衛南七里。

南　站 衛南三里。

陰涼崖 衛北四里。

上　關 衛北八里。

三　鋪 衛北十五里。

青龍橋 衛北二十五里。

岔　道 衛北三十里。

衛屬關北東西地方：

阜高營 衛東北五十五。

曹官營 衛東北六十里。

連家營 衛東北六十里。

魏家營（衛東北六十里。）
屠家營（衛東北八十里。）
盛史家營（衛東北八十里。）
孫化營（衛東北八十五。）
馬皮營（衛東北七十里。）
老君堂（衛東北六十二。）
陳家營（衛東北五十里。）
房老營（衛東北六十二。）
東石河（衛東北六十里。）
王本營（衛東北六十五。）
香孫營（衛東北六十里。）
東龍灣（衛東北八十里。）
西龍灣（衛東北七十八。）
吳房營（衛東北八十里。）
小百老（衛東北八十里。）
大百老（衛東北八十二。）
團山（衛東北八十二。）
常家營（衛東北九十里。）
里仁堡（衛東北九十里。）
呂莊（衛東北七十里。）

沈家營衛東北七十里。

八里店衛東北六十里。

奚官營衛東北六十五。

石河營衛東北六十里。

寶林寺衛東北六十五。

王全營衛東北六十二。

蓮花池衛東北六十里。

艾官營衛東北六十五。

小莊科衛東北七十五。

谷家營衛西北五十里。

獅子營衛西北七十里。

卓家營衛西北七十里。

苗家堡衛西北六十里。

五里營衛西北七十五。

大兵馬營衛西北六十里。

馬房村衛西北六十里。

桑　園衛西北五十里。

王家莊衛西北五十八。

水　峪衛西北八十里。

東西舊榆林衛西北六十里。

花園衛西北七十里。

東胡家營衛西北七十五。

黑龍廟衛西北七十里。

西胡家營衛西北七十五。

姚家營衛西北八十里。

東門營衛西北八十里。

大柳樹衛西北七十里。

高家堡衛西北七十里。

集賢屯衛西北。

紙房屯衛西北七十里。

張疙疸營衛西北七十里。

五千户營衛西北六十里。

顔家嘴衛西一百四十。

辛莊衛西北六十五。

于家堡衛西北七十五。

車防屯衛東北八十五。

許家營衛西北六十五。

詹家堡衛西北八十里。

王家堡衛西北六十五。

姬家莊衛西北六十五。

程家營 衛西北七十里。

姜家臺 衛東北六十里。

西張營 衛東北五十里。

建置

公廨 一北門内，昔有察院衙門，其後係衛署，今并作都司衙門。一城内西巷與北門外，各另有察院衙門，規模較小。一北門外，舊有參將衙門，今俱坍廢。又有理刑廳衙門，即今衛署是焉。現有土地祠及監房。

風雲雷雨壇 在南站西山坡上。雍正十年，衛守備駱飛熊建。

社稷壇 在北門外校場西側。雍正十年，衛守備駱飛熊建。

厲壇 在北門外西山下。每歲清明日、七月望日、十月朔日，衛守備恭請城隍按臨主祭，以祀孤魂。

倉廒 前明本衛設有永豐倉，右衛設有永裕倉，左衛設有廣積倉，又添設備荒等倉於關東臺上。今俱廢。雍正十年，衛守備駱飛熊於大堂西側建倉三間，二堂南面建倉四間。《日知録》曰：「明初，凡驛皆有倉。」洪熙元年，河南新安令陶鎔奏：「縣在山谷，土瘠民貧，遇歲不登，公私無措。惟南關驛有儲糧，臣不及得報，借給貧民一千七百二十八石。」上嘉其稱職。即此可想見儲蓄之裕，法令之寬。〔注一〕

演武場 前明建於北門外，後移於關南臺上。明正德間，仍移於北門外東山下。今仍舊。

關帝廟 廟有七。一在南口城，一在南站西巷，一在關南甕城内，一在金櫃山，相傳明武宗游大同，回鑾時敕建。一在陰涼崖，一在彈琴峽。

忠義祠 文廟内。雍正八年，衛守備駱飛熊建。

節孝祠 文廟外。雍正八年，衛守備駱飛熊建。

三義廟 八達嶺外。

八蜡廟 關南門外西街。

先農壇 關南。雍正六年，衛守備陳良弼建。

馬神廟 關南門外西街。

〔注一〕「令」，原爲「今」，據北大圖藏鈔本改。

火神廟一在關南坡，一在校場。

城隍廟在城内西山下。

泰安寺即雲臺石閣，元、明爲永明寶相寺。

晏公廟城内街東。今廢。

真武廟本衛真武廟有三：一在南口北門外，一在衛城甕門内，一在上關城内。

東嶽廟在南站街東臺上。

三官廟關南門外西街。

玉皇廟關北門東臺上。

鷹窩寺關城内東山下，土人以祀女神。

龍泉庵關南五里坡下。

天仙廟南口城内。

觀音庵南口北門外。

斗姥宫城内街東。

九聖廟關北門外頭橋上。

佛岩寺在西山内，上有石洞。

彌勒庵關北五里街西。

玉峰寺上關西山。今廢。

石佛寺在彈琴峽。

西方庵在八達嶺下。

上方寺南口東駐蹕山上有十八盤寺，登臨可望京師之壯麗。南爲仙人陀。

地丁 鹽引附

地税、丁銀分爲二，此唐初祖庸調之遺制也。〔注一〕地丁合而爲一，楊炎兩税之遺法也。關山瘠土，明季以來，貢賦煩而民生困。興朝定鼎，盡予蠲除。鳩形鵠面之衆，如躋春臺。継此，丁歸地征，亦權宜之良法；而行鹽多寡，亦可考户口消長之數焉。任牧民之責者念之。

明改元帥府爲衛，置屯以蓄兵實，置兵以衛民，仿古寓兵於農之意。但法久弊生，膏腴之地入於悍卒，肥沃之土没於債師，有强弱、偏枯、不

均之慮。於是按籍履畝，視其地之肥瘠，分爲上、中、下三等。

上地二十四頃六十四畝五分，每畝征銀五分一厘。中地四百八十八頃八十三畝三分五厘，每畝征銀二分九厘。

下地四百二十四頃九十四畝，每畝征銀二分一忽。荒地三十一頃七十畝三分七厘，每畝征銀二分一厘。

墾地九頃八十一畝六分，每畝本色粟米三升。〔注二〕

〔注一〕「庸」上原衍「居」字，據國圖藏鈔本删。

〔注二〕「米」，原爲「不」，據北大圖藏鈔本改。

備邊荒地四十九頃五十一畝九分，每畝征銀一分。

以上屯、荒、墾、荒四項，共地一千零二十九頃四十五畝七分二厘九毫，共征銀二千五百五十二兩七錢零，共征本色粟米二十九石四斗四升八合。

本衛舊僉五所，屯官征銀解交昌平户部分司，以充兵餉。迨後，屯官侵蝕，株連屯户，改歸管餉通判征解。國初，仍歸廳員征收，解昌平户部分司。自順治二年至四年，節奉、旗圈并撥補香河縣士民，而本衛原額地畝，并無存剩。自順治五年以後，節年勸墾新開山坡荒地，〔注一〕并清查退園贖變，共地一百七十七頃七十七畝七分九厘六毫。內除乾隆二年水衝地二頃八畝八分，乾隆五年改歸懷來縣征糧地六頃七十八畝，實存地一百六十八頃九十畝九分九厘六毫。又乾隆五年懷來縣改歸本折地一百一十七頃二十四畝，收回撥補香河縣地一百八頃八十二畝五分九厘七毫，通共地三百九十四頃九十八畝四分八厘三毫。各征銀不等，共征銀五百七十三兩九分零。內除

〔注一〕「坡」，原爲「玻」，據北大圖藏鈔本改。

旗退地五頃九十畝四分，共征銀一十九兩五錢零。例不攤征丁匠外，實征民糧地三百八十九頃八畝八厘三毫，征銀五百五十三兩五錢九分零。每兩均攤丁匠銀七厘七毫零，共攤丁匠銀一百一十四兩六錢八厘零，通共征銀六百八十七兩六錢九分零。遇閏，每兩攤丁閏銀七厘七毫零，共加丁閏銀四兩三錢九分六厘零。存留本地支銷。本地舊糧地畝，以沙瘠之區，向不征耗。懷來縣改歸地畝，每兩征耗銀一錢；收回撥補香河縣地畝，每兩征耗銀八分，共征耗銀二十七兩五分零。於養廉内

支銷。征屯糧九十四石四升零，米豆各半，加一征耗，以三升作折耗，以七升變價充公。

衛屬爲軍伍之地，今日之人丁，皆昔年官軍所遺之子孫。明初，各有播遷軍家，來戍關衛。百餘年後，生齒繁衍，嫡派以繼箕裘，[注一]其旁支在官户爲舍，餘在軍户爲軍，餘世隷版圖，以供差徭。彼時正軍有月糧，每名征銀一錢六分，衛給印票，以免雜派，稱曰「票銀」。而官軍之餘丁，征以軍徭。迨後，奸滑之徒舞文作弊，貧富强弱，差事不均。於是革去正軍票銀，按各户貧富，編

[注一]「裘」，原爲「裴」，據上下文意改。

爲上、中、下及下下等則。明末，兵餉浩繁，丁銀各項俱有加增，上則每丁征銀五錢四分，中則每丁征銀四錢五分，下則每丁征銀一錢八分，〔注一〕下下則每丁征銀一錢。國初亦照舊額征收，因亂離之後，有人亡産絶者，有逃竄他方挂名未除者，亦有隱漏未入册者。順治初年，旗圈之後，丁愈窮困，連欠愈多。順治五年，昌平道張公斌以本衛地瘠丁貧，繼罹兵燹，逃亡殆盡。原額人丁，現存不及十分之一，萬難足額。明末加增丁銀，亟請豁除，以蘇苦累。申請題達，下部議，允行。每上丁征銀四錢五分，中丁征銀三錢三分，下丁征銀一錢六分，下下丁征銀八分。康熙五十三年，欽奉恩詔，嗣後編審增益人丁，止將實數奏聞。俱征收辦糧，但據五十年丁册，定爲常額。續生人丁，永不加賦。雍正元年，奉旨：〔注二〕直隸丁銀於雍正二年均攤地糧之内，每畝糧銀一兩，均攤丁銀二錢七厘零。

鹽引附

衛地自前明俱食蘆鹽，歲銷引九十餘道，每引以六百斤爲率。蓋明季邊疆不靖，烽火時警，

〔注一〕「錢」，原爲「銀」，據上下文意改。

〔注二〕「旨」，原脱，據北大圖藏鈔本補。

蒙古夷鹽不能販入内地，宣鎮各衛軍民食鹽者衆，是以衛北之陰凉崖地方，南人二十餘家開設鹽店，官鹽盛行。

我朝中外一統，準夷鹽進口貿易。宣屬州縣，俱改食夷鹽，令民包課。惟延慶衛尚屬近畿，歲銷額引八百引，分認京引三十七引。雍正三年七月，内部札延慶衛裁并歸州，將分引與延慶州，銷四百一十八道；昌平州銷四百一十九道。雍正四年四月，内奉旨仍設延慶衛，其額引照舊疏銷。

經費

一方之經費，取給於一方，然天之所生，地之所植，人之所力，止此也。物産儉而用奢矣。裒多益寡，撥項補給，皆聖朝寬恤之恩。衣租食税者，其可忘報效哉？

延慶衛前明大小武職，俸乾俱於昌平户部分司隨兵餉支領；大小文職，俸薪則於地丁内留支；各衙門胥役，係雜差軍户，無需工食。祭饗公費，取之於丁銀關税。嗣因昌鎮各官心紅紙張、柴炭犒賞諸費皆取給於兹，供應繁難，所入莫償所出。國初案牘失毁，章程無定，順治五年，昌平道張公斌酌議量入爲出，刊定經制，以後節年增減，隨時損益，款項臚列於後：

正旦撰表銀二兩，進表路費銀三兩。

萬壽撰表銀二兩，進表路費三兩。

冬至撰表銀二兩，進表路費銀三兩。

以上額設銀一十五兩，俱於康熙五十六年裁。

文廟春秋二季，并文昌、羅都、鄉賢等祠祭祀，三十兩。康熙十七年全裁，十九年奉復。

每年三次祭無祀鬼神銀三兩。康熙十七年裁半，十九年奉復。

每年春秋開操，霜降祭祀銀二兩。康熙十七年裁半，十九年奉復。

每年修理學宮銀三兩。康熙十七年全裁，十九年奉復。

每年考試，觀風生員銀三兩。康熙十四年全裁。

科歲兩考，生員花紅、試卷銀四十兩。康熙十四年全裁。

每年鄉飲酒禮銀六兩。於順治十三年裁銀三兩，康熙十五年全裁，二十三年俱奉復。

文武舉人會試，花紅、酒席、路費，共銀四十兩。三年一辦，每年編征銀一十三兩三錢三分三釐零。會試動支，無支扣解。康熙十五年全裁，二十年奉復。

生員科舉，花紅、酒席、路費，共銀五十兩。三年一辦，每年編征銀一十六兩六錢六分六釐。順治十三年裁減三分之二，每年存留銀五兩五錢五分零，康熙十五年全裁。

生員考貢，盤費銀四十兩。二年一辦，每年征銀二十兩。康熙十五年裁銀十兩，二十年奉復。二十六年奉裁銀一十七兩五錢。乾隆五年勻裁銀一錢九分七厘五毫，今實辦銀二兩三錢二厘五毫。

衛守備一員，每年俸銀二十七兩三錢九分四厘，薪銀七十二兩。康熙十七年全裁，二十年奉復。又於康熙三十四年改五品，每年俸銀一十八兩七錢六厘，薪銀四十八兩。

蔬菜、燭炭每年支銀八兩。康熙十四年全裁。

心紅紙張每年支銀八兩。康熙十四年全裁。

書辦三名，每名每月支工食銀六錢。康熙元年全裁。

門役二名、快手二名、軍牢六名、傘夫二名、馬夫一名，每名每月工食銀五錢。各役閏月工食於順治十七年裁解，至康熙十五年各役工食銀全裁，續於二十年俱奉復。

儒學教授一員，每年俸銀三十一兩五錢二分，閏月加銀二兩六錢一分六厘零。順治十八年裁解。
齋夫三名，每年工食銀十二兩，閏月各加銀一兩。順治十八年裁解。
教官每年喂馬草料銀十二兩。康熙十七年裁。
學書一名，每月工食銀六錢。康熙元年裁。
門斗三名，每名每月工食銀五錢。康熙十五年裁。
膳夫二名，每名每年支工食銀二十兩，俱廪生支領。順治十三年裁銀三分之二，并閏月銀按年裁解外，每年實在留銀一十三兩三錢三分三厘零。康熙十五年全裁。

乾隆三年添設訓道一員，照元年定例，各學教官準食正八品俸，每年俸薪銀四十兩。
攢典一名，例不支給工食。
齋夫三名，歲支工食銀三十六兩。
膳夫二名，歲支工食銀十三兩三錢三分三厘三毫。
門斗三名，歲支工食銀二十一兩六錢。
以上通共銀一百一十兩九錢三分三厘三毫，

於昌平州地糧銀内留支。
協濟居庸驛供應，每年支銀二百兩。
孤貧口糧銀四十二兩。康熙十七年裁半，十九年奉復。又於乾隆五年新增銀一兩二錢，花布銀三兩六錢，閏月加銀三兩六錢。
朔望行香銀三兩六錢。順治十年全裁，康熙二十三年奉復。
衛守備每年案衣家伙銀八兩。順治十二年全裁。
每年供應過往官員，銀八十兩。順治十四年全裁。

衛經歷司一員，順治十三年裁汰。其官役俸食每年共支銀一百零五兩九分六厘，俱全裁解。
儒學廩膳生員二十名，每年共支廩糧銀百九十二兩。順治十三年裁解，康熙二十四年奉復，銀六十四兩。
新增北路同知，俸工銀共一百六十四兩，閏銀七兩。今詳明，自行請領。
新增關廟春夏秋三祭，[注一]銀四十兩。
新增先農壇農夫二名，每年共支工食銀一十

[注一]「夏」，原脱，據國圖藏鈔本補。

二兩。

新設鋪司九名，每名每年支銀六兩，共支工食銀五十四兩，閏月加銀四兩五錢。

新設捕役四名，每年每名支工食銀十六兩八錢，共銀六十七兩二錢。

雍正七年，頒給衛守備養廉銀二百兩，又於雍正十二年加給養廉銀二百兩。

學校 風俗附

孟子曰：「壯者以暇日修其孝弟忠信。」然則綱常名教，其可一日或没於人心乎？ 衛有學校，俾擐甲荷戈之子，得與橋門璧沼之光，戲於盛矣！ 其後承平日久，武備弛而文事廢，考鐘數而作新之，渺乎其未之聞也。 各省衛治多裁并，而延慶以衝關猶存。 學校之設，告朔之餼羊也。得豪杰而興焉，庶幾移風易俗，漫漫乎其改觀也。

明初建衛學於城南西山之麓，規模狹隘，正統間羅兵燹殘破。 天順七年，乃擴其舊址，修崇聖祠，增修大成殿及兩廡，外建戟門、櫺星，并名宦、鄉賢等祠，宫墻内焕然一新。 以後文風日盛，膺科目者代有其人，郁郁乎丕振矣。 明末，遭李自成之亂，逃亡接踵，興賢育材之地，鞠爲茂草。至康熙二年間，秋雨連綿，廟宇傾圮殆盡，春秋祭祀不能成禮。 衛學生員趙元芳集諸生謀於庭曰：「孔子之宫一，不及釋老之宫百。 嗟乎！嗟呼！ 能不重爲吾黨羞？」 於是公呈學政汪公煉南，請每年暫留條編祭祀銀之半，俾歲月積累，以圖修復。 得允所請。 越五載，至康熙七年春，約積數十金，始鳩工庀材，官生亦各捐俸廩，拮据趨事，重修大成殿、戟門，名宦、鄉賢兩祠，而兩廡與明倫堂仍以缺費停工。康熙九年，本衛教授孟賚予以明倫堂乃名教重地，義激於中，節寒毡苜蓿之餘，建堂三楹。以後因陋就簡。大抵任衛事者皆武職，而學宮之興廢曾莫顧而問焉，所賴司鐸一官猶存斯文之一綫。至康熙十六年，裁汰教職，衛學文武生員歸昌平州學兼理。自兹以後，主持無人，宫墻益加弃壞矣。〔注一〕乾隆三年，學政劉公吴龍題允將昌平州訓導一員改歸衛學，專司啓迪，以培學校，以慰士心，庶幾興起之機將有望於來兹。衛屬額入文童十名、武童八名、廩膳生二十名，登進之途不爲不寬，但關山土田磽瘠，士生其間，謀生不暇，安問《詩》《書》？漢成都之講堂，第付之荒烟漫草間已也。乾隆七年冬，衛守李士宣下車謁廟，惻然不安，亟謀興作，先其急而後其緩，誠盛心也夫。因馬隨爲講肆，責虎賁而授經，吾道昭垂，乃人心之所以不死。固無地無人之可廢也，然必觀摩有地，而後斆學相長，得良守而興焉。將見以俎豆爲干戈，以仁

〔注一〕「壞」，原爲「壤」，據國圖藏鈔本改。

義爲甲胄，衆志成城，金湯永固，是必有旋至而立效者。

風俗附

《元史·耶律楚材傳》謂山後人質樸，緩急可用。衛地安於勤苦，不尚華靡。山高水激，風勁氣寒。人性亦勇健直戇，與游者皆務農力穡之儔，所談者悉耕田鑿井之事。雖則愚魯，不至奸頑。未盡仁讓，幸無刁建。其服食器用之屬，婚姻燕饗之儀，皆有節制。大抵深山窮谷之民，不染外習，猶穆然有古風焉。《契丹志》曰：「南京水甘土厚，秀者學讀書，次則習騎射、耐勞苦」。衛地風俗庶幾近之。

〔注一〕「帝」，原爲「常」，據北大圖藏鈔本改。「微」，原爲「徵」，據《畿輔通志》改。

〔注二〕「丞掾」，原爲「亟極」，據《後漢書》改。

人物 選舉附

幽燕素多豪杰，薊門群山萬壑，鐘秀毓奇，篤生之英，代不乏人。惜衛志毁於兵火，凡卓卓可表者，又多采入州縣志中，不隸於衛，是以衛志寥寥。謹就散見於圖史者録之。夫前事者後事之師，生於其鄉者，其亦可以自奮矣。

盧植，漢末時人，隱居都軍山，教授生徒。昭烈帝微時，〔注一〕嘗執弟子禮。初平三年卒，葬涿州。建安中，曹操北討柳城，過涿，告守令曰：「故北中郎將盧植，名著海内，學爲儒宗，士之楷

模，國之楨幹也。昔武王入殷，封商容之閭；鄭喪子産，仲尼隕涕。孤到此州，嘉其餘風。《春秋》之義，賢者之後，宜有殊禮。亟遣丞掾除其墳墓，〔注二〕存其子孫，并致薄醊，以張厥德。」。

王敬，字子修，延慶右衛人。性亮直孤介，行不類己者，雖貴不與交。初，爲指揮同知，時與永寧指揮張澄同游學正李彝門，講孫吴兵法。彝死，二人厚賻之，言及輒流涕。時人以其志同，方陳雷焉。己巳雲州之役，二人從守備孫剛往援。遇敵，戰。敬與懷來百户陳顯從身蔽剛。剛、敬、

顯俱死。澄手刃三人，隨亦被害。詔贈祭有差。

張能，本衛人，任鎮南衛指揮僉事，明正統己巳土木殉難。考懷來縣土木堡顯忠祠內，文臣户部尚書王佐等四十六人，武臣西寧侯宋瑛等一十七人，内官一人，共六十四人。乾隆七年口北道金公志章勒諸臣姓名於石，無張能其人。考《明史》諸書，亦無之。舊志稱張能於正統十七年隨征北虜，奮勇捐軀，未蒙褒録，必確有所據。想當年變起倉猝，其湮没無傳者，或不止張能一人也。因亟表而出之。

貞節

張氏，延慶衛人，〔注一〕適指揮李國樑。年二十一夫亡，家貧，事姑極孝，備極艱辛，晏如也。壽八十四。旌表。

張氏，延慶衛百户閆世勳妻。夫亡，年二十五。事姑撫幼，苦節五十年。其子富，後襲父職，以孝聞。〔注二〕巡按旌之。

鄒氏，延慶衛監生劉綸妻。二十二歲夫亡，守節五十年。旌表。孫廣譽，貢生。

宋氏，延慶左衛應襲千户劉寅妻。守節四十

〔注一〕「人」，原脱，據國圖藏鈔本補。

〔注二〕「孝」，原爲「考」，據上下文意改。

九年。旌表。

黄氏，延慶右衛武舉徐夢臣妻。夫亡家貧，事祖姑及姑俱以孝稱。撫子元，登明經。孫敏行，庠生。

趙家婦，年二十夫亡，事翁姑以孝謹聞。青年守志，白首完貞。

張劉氏，年十九夫亡，孤子尚在襁褓，教養成立。冰雪清操，鄉里敬服。年七十餘。雍正十二年，旌表。

王張氏，本衛貢生王嘉訓之妻。夫亡之時，年二十八歲，立志不二。教孤廷立，宫墻稱秀。於乾隆三年旌表。

張翟氏，本衛廩生張映宿之妻。静貞寡言。二十九歲夫亡。家貧丁單，既無叔伯，亦鮮兄弟，乃能事姑盡養，教子欲達，名登仕籍。於乾隆四年旌表。

劉成氏，衛民劉浩澤之妻。青年亡夫，兒方襁褓。柏舟矢志，養孤成人。不幸早世，媳弗終操。暮年勤劬，教養孤孫永發，名標黌序。於乾隆六年旌表。

科第附

劉　晟　明正統己未科進士，任江南華亭令。

雷　宗　明弘治壬戌科進士，任四川道御史。

張紹魁　明萬曆己酉科解元，壬戌科進士，歷官行人司行人。

潘必鏡　明崇禎丁丑科進士，初任山東樂安令，順治元年仍以知縣用。歷任江南華亭、浙江嘉興、山東定陶三縣知縣。

朱嗣宗　明成化辛卯舉人。

陳　澍　明弘治乙卯科舉人，任山東寧陽令。

雷　綱　明弘治乙卯舉人，任山東平度州牧。〔注一〕

張　翔　明弘治辛卯舉人，任陝西膚施令。

葉　增　明嘉靖乙酉舉人，江南池州府通判。

王　宮　明嘉靖庚子舉人，任山東安邱令。

王世俊　明萬曆癸卯舉人。

王　釁　明嘉靖壬子科舉人，萬曆三十年，任陝西華州牧。廉潔愛民，以年老致仕。里人舉其懿行，崇祀鄉賢。

張秉敬　明天啓甲子科舉人，順治元年授浙江嚴州府推官。丁憂起復，補福建延平府推官。

張弘訓　明弘治丙戌科舉人，初任保定縣教諭，升廣東大埔令，補河南商丘令。

吴文英　雍正己酉科武舉。

吴虎臣　乾隆甲子科武舉。

貢士

張　篪　明萬曆間歲貢，任山西盂縣令。致仕家居，〔注二〕品行端方，崇祠鄉賢。

張秉謙　明貢監，順治元年任河南南陽府通判，順天府治中，累官户部清吏司員外郎。

〔注一〕「度」，原爲「定」，據國圖藏鈔本改。

〔注二〕「仕」，原爲「士」，據國圖藏鈔本改。

張秉紀順治元年恩貢，直隸肥鄉令，升江西袁州通判，補江南鎮江府通判。

吴道隆順治二年恩貢，任直隸魏縣令，升山東張秋通判。

張耀辰順治戊子副榜，任山西榆次縣令。

錢孔曄順治八年恩貢，任河南汝寧府通判。

董胤舒順治九年拔貢，任陝西華州州同。

張弘業順治十四年拔貢，任湖廣桃緣縣丞。

張維嵩順治十八年恩貢，任陝西臨潼縣丞。

常大年順治元年歲貢，任陝西礼縣令。

張佩韋順治三年歲貢，任江南盱眙縣丞。

季本直順治五年歲貢，任直隸滄州學正。

王嘉言順治七年歲貢，任江南桃源令。

傅大倫順治八年歲貢，任香河縣教諭。

周映斗順治十年歲貢，任容城縣訓導。

唐士魁順治十二年歲貢，任浙江江西通判。

王命臣順治十四年歲貢，考授教職。

閆士元順治十六年歲貢，考授州判。

張于世順治十八年歲貢，任密雲縣訓導。

楊漸榮康熙三年歲貢。

趙元芳順治八年歲貢。

張继屏康熙十年歲貢，考授州判。

楊鐘遠 康熙十一年歲貢，考授縣丞。

張　曜 康熙十一年拔貢，任新樂縣教諭。[注一]

邢天春 康熙十三年歲貢。

楊起鳳 康熙十五年恩貢。

張弘譽 康熙十五年歲貢，任懷柔縣訓導。

連茹升 康熙十七年歲貢。

傅大俊 康熙十九年歲貢。

張斗龍 康熙二十一年歲貢。

劉鼎卿 康熙二十五年拔貢，任無極縣教諭。

王玉汝 康熙二十七年歲貢。

胡時新 康熙二十九年歲貢。

顔學孔 康熙三十一年歲貢，任唐縣訓導。

張大任 康熙三十三年歲貢。

王業建 康熙三十五年歲貢。

董弘訓 康熙三十七年歲貢。

張柏齡 康熙三十七年拔貢。

王嘉訓 康熙三十九年歲貢。

左元卿 康熙四十一年歲貢。

顔希聖 康熙四十三年歲貢。

劉　銘 康熙四十五年歲貢。

[注一]「諭」，原爲「育」，據國圖藏鈔本改。

陳　鵾康熙四十九年恩貢。

趙之琛康熙四十七年歲貢。

趙士亨康熙四十九年歲貢。

趙之珽康熙五十一年歲貢，任新河縣訓導。

張能恭康熙五十三年歲貢。

鄭永禎康熙五十五年歲貢。

張春齡康熙五十七年歲貢。

董文芳康熙五十九年歲貢，任靜海縣訓導。

張懋德康熙六十一年恩貢。

趙宗儒康熙六十一年歲貢。

張欲達雍正元年拔貢，纂衛志，陝西盩厔縣丞。

孫振起雍正二年歲貢。

王　璟雍正四年歲貢。

徐三輸雍正六年歲貢。

程　敦雍正六年拔貢。

余兆龍雍正八年歲貢。

程文燦雍正十年歲貢。

顔景孔雍正十年歲貢。

趙　錦乾隆元年恩貢。

張希賢乾隆元年歲貢。

武　亮乾隆三年歲貢。

劉元善乾隆五年歲貢。

張邦傑乾隆七年歲貢。

驛站

古人以三十里爲一舍。《左傳》：楚子入鄭，「退三十里而許之平」。《周禮》：「三十里有宿，宿有路室」，遺人掌之。驛傳之設，有自來矣。延慶衛介在關山，宣、雲孔道，軺車往來，星馳絡繹，則郵政其要務也。公爾忘私，國而忘家，庶幾無忝古遺人之職焉可也。

本衛驛站，增減裁并，幾經更置，年久籍湮。明代永樂間，設居庸驛於衛關，以衛屬千户爲驛官，甲軍四百二十名爲馬步。站自購馬匹，以一

百七十匹爲額，官給馬價。又設榆河驛於鞏華城西北，南距都門六十里，北距居庸六十里，驛丞均以千户爲之。〔注一〕甲軍二百九十餘名，馬一百六十匹，照例自購，官給價銀，均隸衛屬。迨明陵建於天壽山，凡朝陵文武官暨奉差員弁需用夫馬，差務絡繹，向係榆河、居庸兩驛統辦。至嘉靖三十六年，將榆河店驛站移於昌平州城內，改歸州屬，本關夫馬稍稍休息矣。〔注二〕其草料工食，與關北之榆林、土木二驛，每年自正月起，至六月止，赴昌鎮支領，七月至歲底，赴宣鎮支領。明末

〔注一〕「丞」，原爲「亟」，據文意改。

〔注二〕「關」，原爲「官」，據北大圖藏鈔本改。

流寇之亂，驛馬被掠殆盡。軍興旁午，征調繁興，居庸驛卒逃竄無人，衛弁難以支持，驛務改屬居庸參將兼理。順治五年，設甲軍一百名、馬五十匹，在本衛南站應差。順治十年，軍需孔亟，驛站錢糧屢屢告匱，〔注一〕奉文於關稅内動支，驛困少蘇。至十二年，仍歸本衛，支應浩繁，實苦不給額。設協濟銀二百兩，不無小補焉。後因居庸爲衝要驛站，康熙二十九年十二月，於驛遞困苦等事，增馬二十匹。康熙三十四年十月，於衝驛額馬不敷等事，〔注二〕續增馬二十匹。康熙三十五年，西路軍興，青龍橋腰站於各州縣調馬協濟，更替無常。康熙四十八年三月，於協馬苦累等事，設永協馬十五匹，仍係奉調州縣自行喂養。雍正五年，於請裁驛站陋規等事，將工料節省十分之一，而永協不在其内。雍正八年，以永協馬歸衛，名曰協昌。又先因北路軍興，調撥各州縣協濟軍站馬一百二十匹，分設南口、陰凉崖、青龍橋三處，亦於是年歸衛，就近管理，而工料亦俱節省十分之一。雍正十年十月，英誠公豐條議居庸驛衝路崎，又續增馬六匹。〔注三〕南口、青龍橋二軍站，

〔注一〕「告」，原爲「苦」，據國圖藏鈔本改。

〔注二〕「驛」，原爲「鐸」，據北大圖藏鈔本改。

〔注三〕「六」，原爲「匹」，據北大圖藏鈔本改。

路遠偏勞，各增馬五匹。軍驛各站共馬二百四十一匹，工料銀兩統於藩庫請領。乾隆二年正月於遵旨議奏事案内奉裁南口、陰凉崖、青龍橋等軍站各馬十匹，各項支領數目開載於後：

舊額馬五十匹，歲支豆草麩銀一千五百三十兩。舊額增添雜支并馬夫二十名，原額歲支銀八百九十四兩六錢五分内。雍正五年奉裁銀十分之一，雍正八年奉裁銀二十二兩七錢七分，實歲支銀七百八十四兩六錢九分二厘。

新增馬二十四匹，馬夫十二名，鍘草喂馬夫四名，馬牌子一名。今遵照九折，實數歲領銀一千零五兩七錢一分四厘。

續增夫馬工料同。

又續增馬六匹、夫三名。遵照九折，實數歲實領銀二百五十二兩七錢。

協昌馬一十五匹，夫七名半。遵照九折，實數歲實領銀六百二十一兩四錢六分九厘零。

南口軍站協馬三十五匹，夫一十七名半。遵照九折，實數歲支銀一千四百五十兩九分五厘零。

陰凉崖軍站協馬三十匹，夫十五名。遵照九折，實數歲支銀一千二百四十二兩九錢三分九厘零。

青龍橋軍站協馬工料與南口同。

仕宦〔注一〕

明制：衛之長與郡之長秩相若，以勛舊之裔世禄於其鄉。長以下凡四級，而職事有差，綦重矣。延慶衛在明中葉，邊陲多故，屢命重臣鎮撫之。本朝龍興百有餘年，官兹土者凡勘定之與綏猷厥功，〔注二〕匪結後之人，當思追踪芳躅，媲美前賢，毋曰官其傳舍也哉。

哲顔不花 元指揮，有善政。今屬衛青龍橋。元時建衛於此，城垣舊址尚存。相傳明末時有哲顔不花德政碑，今湮没無存。

羅通 江西吉水進士，明直隸巡撫。明正統己巳土木之變，防守居庸關，禦灾捍患，〔注三〕軍民胥蒙其澤，祀名宦。

張欽 字敬之，號心齋，通州右衛人。初因祖贅張氏，從其姓，後復姓李。正德辛未進士，由行人擢監察御史，奉敕巡視居庸關。武宗正德十

二年丁丑秋七月，上微行，欲度居庸關，幸上谷、雲中，張欽極言諫阻，疏凡三上。至八月朔，忽報駕至昌平，即欲過關。是日，欲令分守指揮孫璽閉關南門。太監李嵩欲赴昌平候駕，欽止之曰：「今日之事，有死而已，可擅離職守乎！」俄千户閆岳至南口傳旨，欽捧璽書并監察御史印至門固守，收其扃鑰手自持之，〔注四〕誓曰：「有從官奪門者，御史當手刃之！」岳不得入，還報。上壯其節，回鑾。再按陝西，劾罷鎮守潼關太監。嘉靖初，以忤當道出知陝西漢中府。未幾，總制都御史楊一清特荐，歷官四川巡撫，升工部右侍郎。嘉靖壬寅年卒，六十六，葬通州西南黄泥溝。本衛祀名宦。曲周王大司馬一鄂序三疏刊行，稱其無尺寸之業貽子孫，清德尤不易及也。

王禹佐 浙江紹興人，任居庸關通判，署昌平州事。崇禎末殉難，祀名宦。

余希祖 任八達嶺守備。明末李自成破八達嶺關城，自刎死，詳本傳，見《藝文》。

推官

明嘉靖間設通判，駐居庸。國朝設推官。

張著 順義縣拔貢，順治三年任。

袁中啓 遼東拔貢，順治三年任。

馮援 山東高唐州拔貢，順治三年任，四年裁缺。

〔注一〕「宦」，原爲「官」，據國圖藏鈔本改。

〔注二〕「凡」，原脱，據北大圖藏鈔本補。

〔注三〕「灾」，原爲「灾」，據北大圖藏鈔本改。

〔注四〕「持」，原爲「待」，據《日下舊聞考》改。

衛經歷順治七年設。

龔希賢浙江貢生，順治七年任。

嚴自泰山西貢生，順治十二年任，十三年裁。

衛教授順治七年設。

周維新東光拔貢，順治七年任，升崇仁令。

張化機遵化歲貢，順治九年任。

魏三台新城歲貢，順治十二年升山東栖霞主簿。

劉其化晉州副榜，順治十五年任，十七年升江南崑山縣丞。

張鵬南天津歲貢，順治十七年任，十八年升江南宜興縣主簿。

王公相河間歲貢，順治十八年任，康熙元年升浙江德清主簿。

高　標滿城人，由壬辰科進士康熙二年任，六年升江南宜興令。

馮　琚滄州人，由庚子科舉人康熙九年任，十七年裁缺。

衛千總明初衛屬千總，置左右中前後五所各一員，後裁四員，止留右所，康熙十七年全裁缺。

卜馬泰順天辛卯科武舉，順治十年任，康熙元年升陝西河南道中軍守備。

李之陞陝西人，由將材康熙元年任，十年升任雲南平彝縣守備。

張多燦河南人，由宗人府效力，康熙十年任，十七年裁缺。

按：本衛前明指揮、推官、通判、經歷、教授、千總等官，因年久湮没，俱無可考，謹據舊志所存者，録之以俟續登。

衛守備明初俱本衛指揮世襲，管理衛事。順治五年改衛守備，兼理屯田、馹傳事務。衛維武弁而安輯地方，[注一]實與

[注一]「衛」，原爲「衛」，據國圖藏鈔本改。

州縣文員同膺牧民之任。

李鳴鳳 順天乙丑武進士，順治十年任，十一年回籍。

胡靖宸 河南華縣人，壬辰科武進士，順治十二年任，康熙五年故。

姚世熙 陝西韓城人，由將材康熙九年任，十一年升浙江嘉興都司。

李生色 山西平陽府人，辛丑科武進士，康熙十一年任，十四年回籍。

馮邦彦 宣化府前衛人，丁未科武進士，康熙十四年任，二十年升廣西全州營都司。〔注一〕

高世雄 陝西榆林衛人，庚戌武進士，康熙二十年任，三十年升陝西大馬營守備。

何如烇 浙江於潛縣人，己未武進士，康熙三十一年任，三十三年回籍。

張鳳儀 陝西榆林人，由難廕康熙三十三年任，〔注二〕四十三年升山東掌印都司。

蘇萬生 山西大同人，由年滿千總康熙四十三年任，五十二年升廣東掌印都司。

張士遴 江西永豐縣人，癸未武進士，康熙五十三年任，雍正元年十一月升古北墻子路都司。

饒上正 江南寧國府人，雍正二年任，雍正四年回籍。

任懷德 山西北樓人，由行伍雍正四年任，五年七月升浙江處州鎮標游擊。

夏光弼 山西人，由行伍雍正五年任，六年回籍。

陳良弼 正紅旗人，由捐納雍正六年任，七年八月解任。

駱飛熊 江西南昌府人，辛丑武進士，雍正七年任，乾隆六年五月回籍。

馮乃斌 浙江紹興府人，甲辰武進士，乾隆六年任，七年解任。

李士宣 河南陳州府淮寧縣人，字化九。乙酉武舉人，由兵部效力乾隆七年十二月任。拊循屯堡，除治關溝道路，〔注三〕修理城垣，纂輯志書。

训導 衛學自康熙十七年奏裁教授之後，五十九年無司鐸之官。至乾隆二年，順天學政劉吴龍題允，將昌平州訓導分撥衛學。

任遠 沙河人，由歲貢乾隆三年五月任，本月病故。

〔注一〕「西」，原爲「州」，據北大圖藏鈔本改。

〔注二〕「康熙三十三」，原爲「康三十三三」，今據北大圖藏鈔本改。

〔注三〕「關」，原爲「閔」，據國圖藏鈔本改。

[注一]「軍」，原脱，據北大圖藏鈔本補。

[注二]「五」，原重文，據北大圖藏鈔本删。

[注三]「衛」，原爲「衡」，據北大圖藏鈔本改。

康鹿年 衡水人，由歲貢乾隆四年任，七年告休。

王　隆 保安州人，由廪生保舉孝友端方。原任武清縣訓導，勸修文庙，訓迪士子，多所成就。以丁憂離任，七年補授。

税课司大使

本關抽税，起於明代。國初昌平户部分司經管後改歸通州户部，康熙五年歸霸昌道，康熙四十一年歸張家口監督。雍正十三年監督尚德以張家口離衛窵遠，難以稽察，總督李衛奏允，添設。

羅起仕 浙江錢塘人，由工部吏員雍正十三年任，乾隆六年病故。

朱添璧 江西南昌人，由雲南昆明縣吏員捐，未入流即用，乾隆七年任。

居庸路營制

屬昌平營參將統轄。

都司一員 國初設參將，順治八年改設都司。

千總一員

南口把總一員

八達嶺把總一員

原设参将四任附

石萬鐘 遼東東寧衛指揮僉事，投降軍前，[注一]順治元年五月，[注二]以副將衛管參將事，[注三]駐居庸關，招撫人民。三年改昌平副總兵官。

佟　通 遼東中衛人，順治四年任。

尹起辛 京衛人，順治四年任。

鄒成勳 虎賁右衛，籍通州人，順治七年任，八年回部。

都司僉書

王顯宗 遼東益州人，順治八年任，十三年升陝西長武營參將。

段可勝 順天人，順治十三年任，十七年升浙江隨征鎮標右營游擊。

李　挺 廣西賀縣人，由投誠順治十七年任，升任陝西游擊。

王允升 山東長山人由壬辰武進士康熙七年任，十年回籍。

劉雲鳳 四川萬縣人，由投誠康熙十一年任，十六年升湖廣荆州游擊。

王武臣 湖廣蒲圻人，由武舉康熙十七年任，隨告病回籍。

聶達 騰驤右衛人，由丙辰科武探花授侍衛，十七年特放水路都司。

趙輝璧 河南商邱縣人，由功加參將康熙二十七年任，三十五年回籍。

郝偉 陝西神水人，由武生康熙三十五年任，三十八年升遵化營游擊。

陳國英 宣化人，康熙三十八年任，四十三年升喜峰口游擊。

倪永禄 陝西定邊人，由行伍康熙四十三年任，四十五年升遵化營游擊。

李三寶 武清縣人，康熙四十五年任，五十一年升喜峰口游擊。

毛正 陝西凉州人，由功加康熙五十一年任，五十七年升貴州平越營游擊。

陳奎 順天府人，由行伍康熙五十七年任，雍正二年升浙江太湖營游擊。

羅俊 陝西寧夏人，由武進士雍正二年任，雍正四年升張家口游擊。

師應舉 陝西咸寧人，由侍衛雍正四年任，雍正七年升古北口提標參將。

竇天禄 天津人，由行伍雍正七年任，雍正九年任署文安營游擊。

焦熹 江南揚州人，壬辰武進士，雍正九年任，雍正十三年回籍。

劉永年 陝西長安人，由甲辰科武進士雍正十三年任，乾隆二年調署正定府游擊，於乾隆六年仍回本任，九年病故。

塞克 正藍旗人，由護軍校乾隆九年任。

藝文

關垣名勝，古今著作，不可勝紀。然文以載道，擇其有關繫者録之，或文以人重，[注一]或人以文重。去其繁蕪，存其精要，備一方之文獻，以俟輶軒之采，非徒曰登臨遺興、朝華暮落而已也。

疏[注二]

閉關第一疏

臣聞明王不惡切直之言以納忠，[注三]烈士不憚死亡之誅以極諫。臣職爲御史，巡視邊關，目繫國家大事，敢獻一言而死。

臣風聞人言乘輿已駕，欲過居庸關，往宣、大等處游玩，臣以爲不然。陛下爲此舉者，豈爲適一己之情，蓋深憤强敵之爲患也。但敵至譎詐，不可輕角。何也？漢高經百戰之餘，所統皆奇才良將，且圍於白登七日；我英宗以不聽大臣之言，遠駕親征，至有己巳之變。由此言之，則敵之不可輕與角也審矣。且匹夫之家尚不肯輕出而與人争，陛下兩宫在内，當日在膝下不可遠游。且宗廟社稷之大、百官萬民之衆，皆繫於陛下之一身，陛下安則皆安也。

[注一]「文」上，原衍「以」字，據北大圖藏鈔本删。

[注二]從前文「仕宦」之張欽傳可知以下三疏作者皆爲張欽。

[注三]「直」，原爲「置」，據國圖藏鈔本改。

〔注一〕「閹」，原爲「闖」，據北大圖藏鈔本改。

今事勢倉皇，中外洶洶，既無親王監國，又無太子臨朝，而輕出遠游，萬一有不虞，陛下將如之何？抑不知誰任其責也？且甘肅嬰吐蕃之患，江右迫閹賊之擾，〔注一〕淮南有漕運之難，巴蜀有采辦之苦，天下之事，言之寒心，而又京畿之内，春麥少收，秋潦無望，陛下不是之思，而欲長驅居庸，觀兵上谷，非計之得也。

伏望爲宗廟計，爲生靈計，旋蹕清禁，决不可往。如有邊報聲息，則有股肱元老、本兵大臣命將出師以禦之，此制敵之要道也。更望皇上戒游逸，厲政事，節無用之費，停不急之征，臣不勝戰栗之至。

第二疏

臣領敕巡關，親見沿路軍民皆言皇上欲出城過關，一切錢糧如何措辦。又言皇上欲往天壽山打圍，或由西湖順過居庸。驚疑擾擾，奔走不寧。

臣竊思古來天子首務安民，今邊關霪雨連旬，山水泛漲，民舍多傾，田禾盡没。錢糧浩繁，軍民困苦。陛下當安以撫之以固國本，而顧以不急之務使之動摇，此於安民之道不可往也。

且天壽山乃祖宗陵寢，神靈在上，鬼神呵護。今欲來打圍，是以行樂之事褻瀆嚴敬之地，恐非仁孝所宜。此於格祖之道不可往也。

夫居庸關兩山夾峙，一水旁流，其隘如綫，其側如傾，艱折萬狀，車馬難行。乃輕萬乘之尊，涉險惡之地，山嵐觸冒，〔注一〕瘴氣薰蒸，陛下固不自愛，〔注二〕兩宮寧不挂慮乎？此於孝親之道不可往也。

且漠北之人耐飢寒、習弓矢，利則進，不利則退，故漢祖有白登之圍，唐太宗有白馬之誓，我英宗有土木之變，孝宗亦有魚臺嶺之失。而況財賦不充、兵力不强、邊備廢弛，謹以守之尚不能保，乃欲輕身挺出，〔注三〕往與之角，恐非萬全。此於禦敵之道不可往也。〔注四〕

且陛下不念祖宗付托之重，而輕與敵人争一日之長，勝則不武，不勝爲憂。此於繼統之重不可往也。

凡事慎於初則易，悔於終則難。我英宗不聽臣言，决於出關，後雖痛悔，無及於事。至今故老言之，猶爲寒心。陛下但知往而不知止，但以出

〔注一〕「冒」，原爲「昌」，據《畿輔通志》改。
〔注二〕「愛」，原爲「受」，據《畿輔通志》改。
〔注三〕「輕」，原爲「挺」，據國圖藏鈔本改。
〔注四〕「於」，原爲「與」，據國圖藏鈔本改。

關爲可樂，而不以遇敵爲可憂，不信大臣之言，不聽左右之諫，非策之善也。

臣爲御史，職司言路，奉敕巡關，分當效死，陛下即加斧鉞之誅，臣亦不避。

第三疏

臣聞天子一動，所係非小。或欲出師親征，必先有詔下廷臣會議，必有百官扈從，有錦衣衛隨侍，擇吉告廟，而後啓行。今不聞朝廷之旨，不見廷臣之議，又無扈從隨侍之人，此必有奸人借陛下之名，欲過邊關，勾引强敵，圖危社稷。此天下安危之所係也，伏望皇上敕下錦衣衛，將此借名之人拿送法司，明正典刑，以防奸弊，以杜後患。如果欲過關，非有兩宫敕旨，臣雖萬死，不敢放過。臣冒瀆天威，不勝戴罪之至。

銘

元 郝經

序曰：居庸關在幽州之北，最爲深阻，號天下四塞之一。〔注一〕大山中斷，兩岩峽束，〔注二〕石路盤腸，縈帶隙罅。南曰南口，北曰北口，滴瀝濺漫，常爲冰霰。滑濕濡灑，〔注三〕側輪疏足，殆六十里石穴。及出北口，則左轉上谷之右，并長嶺而西，陰烟枯沙，遺鏃朽骨，〔注四〕凄風慘日，自爲一天。中原能守則爲陽國北門，中原失守則爲陰國南門，故自漢唐遼金以來，嘗宿重兵以謹管鑰。中統元年，皇帝即位於開平，則駐蹕之南門，又將定都於燕都，〔注五〕則京師之北門。而屯壁荒圮，〔注六〕恐起狡焉，故作銘畀燕京道宣慰府，〔注七〕使勒石關上，且表請置兵，以爲設險守國之戒云。

〔注一〕「塞」，原爲「寒」，據國圖藏鈔本改。
〔注二〕「束」，原爲「東」，據國圖藏鈔本改。
〔注三〕「濕」，原爲「温」，據《陵川集》改。
〔注四〕「遺」，原爲「道」，據《陵川集》改。
〔注五〕「又」，原爲「人」，據《陵川集》改。
〔注六〕「圮」，原爲「北」，據《畿輔通志》改。
〔注七〕「畀」，原爲「界」，據國圖藏鈔本改。

國宅天都，高寒之區，居庸其樞兮。遼右古北，陰幽沙磧，控帶扼狐兮。山連嶺重，鍵閉深雄，巍巍帝居兮。伊昔掣鎖，金源敗破，遂爲坦途兮。函谷一夫，〔注一〕百萬爲魚，竟執哥舒兮。思啓封疆，備不可忘，禍生不虞兮。寇不可玩，機不可緩，實惟永圖兮。天險地險，莫如人險，兵刃相須兮。〔注二〕刻銘岩嵎，周告僕夫，當戒覆車兮。

明 劉定之

帝承天命，朔野是都。坤奠其軸，乾屹其樞。長城爲帶，自天繚繞。中聳雄關，洞城裏表。鐵壁峪岈，玉峽嶕嶢。俯壓博厚，仰矗層霄。冠以雉堞，守以虎旅。一夫當之，萬夫莫前。一世開之，〔注三〕萬世其傳。攬翠爲書，磨崖作碣。勒石銘章，以貽無疆。《果齋集》

周 旅

兩崖亘地，設險自天。直北以控，千仞截然。外限朔莫，內壯中原。守以虎士，一夫當千。干城禦侮，夜烽不然。一統聖化，於斯萬年。《長庵集》

傳

余守備傳

務關同知 周碩勳 長沙

〔注一〕「函」，原爲「亟」，今據《畿輔通志》改。

〔注二〕「刃」，原爲「力」，據《陵川集》改。

〔注三〕「開」，原爲「間」，據《明文海》改。

余諱希祖，以都司僉書管守備事，駐八達嶺。明崇禎十七年正月，闖賊陷西安、破太原，欲由井陘趨京師。以勁卒多衆宣、雲，懼其入援，故以偏師逾太行，蹂真、保，其正兵則入寧武、雁門兩關，以盡收宣、大精兵，然後轉攻居庸犯闕。

甲申三月朔，陷寧武，總兵周遇吉死之。既而陷兩鎮，雲撫衛景瑗、宣撫朱之馮皆死之。所在望風納疑。余誓死守。時關城空虛，監軍掣肘，請火藥不給，請兵餉不給，守陴者皆哭。

居庸關游通判者，先通賊爲内應。甲申三月十二日薄暮，群賊蜂擁八達嶺下，扎營水長峪。余登城樓，叠發大炮，賊避其鋒，退營岔道。次早攻關城益急。游通判以危詞脇之，繼獻金五百致賊意，丐關犒師。余度事不可爲，乃佯樹降旗，誘之入，伺李自成於甕門内，以槍刺之，不中。希祖裂眦嚙齒大罵曰：「恨我不殺賊奴！天乎！」揮刀格殺十餘人，自刎死。死猶僵立不仆，〔注一〕糾糾持刀作殺賊狀，賊憚之，無敢殘其尸。是夜兵丁某稿葬於東坡山下。賊既度嶺，游通判跪迎道左，自成怒曰：「若受我賂，乃令人

〔注一〕「僵」，原爲「殭」，據北大圖藏鈔本改。

殺我耶？」一繫之馬尾，馳至南口，磔之。〔注一〕此崇禎甲申三月十三日事也。

乾隆十年乙丑秋，車駕行圍多倫諾爾，由張家口入塞，幸居庸關。〔注二〕時予奉檄監修橋梁道路。八月二十六日，偶於石佛寺遇老生王樂天，談論往事，生因備述余公殉難顛末。惜忘其字號、邑里，或曰江北人，考其志乘，亦湮没無傳。〔注三〕予亟告延慶衛守李公編入衛志，以彰潛德。一時諸同官咸紀以詩。嗚呼！事歷百餘年而精忠之不可磨滅如此，夫豈偶然哉！

詩

過居庸

宋 宇文虚中〔注四〕

峭壁從天折，流泉赴壑清。路迴穿石細，崖裂與藤争。花已從南發，人今又北行。節旄都落盡，奔走愧中生。

度居庸即事有感

元 薩都剌

居庸關山色蒼蒼，關南暑多關北凉。天門曉開虎豹卧，〔注五〕石鼓晝擊雲雷張。〔注六〕關門鉄鑄半空倚，古來幾度壯士死。草根白骨弃不收，冷雨陰風泣山鬼。道旁老人八十餘，短衣白髮扶犁

〔注一〕「磔」，原爲「傑」，據文意改。
〔注二〕「幸」，原爲「辛」，據北大圖藏鈔本改。
〔注三〕「無」，原爲「永」，據文意改。
〔注四〕「虚」，原無，據《中州集》補。
〔注五〕「開」，原爲「閒」，據《畿輔通志》改。
〔注六〕「晝」，原爲「畫」，據文意改。

鋤。路人立馬問前事，猶能歷歷言邱墟。夜來鋤豆得戈鐵，雨蝕風吹失顔色。鐵腥惟帶土花班，猶是將軍戰時血。前年又復鐵作門，貔貅萬竈如雲屯。生存有功挂金印，死者誰復招孤魂。〔注一〕居庸關山何崢嶸，上天何不呼六丁，驅之海外休甲兵。男耕女織天下平，千古萬古無戰爭。

居庸關

元　揭傒斯

昔望居庸南，今出居庸北。岩巒争吞吐，〔注二〕風水清且激。透迤數十里，曲折殊未息。關門南向當天開，馬如流星車如雷。荒鷄一鳴關吏起，列宿慘淡雲徘徊。山盤盤，石囷囷。山如龍，石如虎。龍怒欲騰虎怒舞，〔注三〕太行餘勢猶如許。昔不容單車，今馬列什伍。聖人有道關門開，關門開處千萬古。

居庸關

元　陳孚

斷崖萬仞如削鐵，鳥飛不度山石裂。嵯峨老樹無碧柯，〔注四〕六月天陰飛急雪。寒沙茫茫出關道，駱駝夜吼黄雲老。征雁一聲起長空，〔注五〕風吹草低山月小。

居庸關

元　迺賢

〔注一〕「誰」，原爲「雖」，據《畿輔通志》改。

〔注二〕「吞吐」，原文互乙，據《畿輔通志》改。

〔注三〕下「怒」字，原爲「恕」，據北大圖藏鈔本改。

〔注四〕「柯」，原爲「何」，據國圖藏鈔本改。

〔注五〕「雁」，原爲「服」，據北大圖藏鈔本改。

〔注一〕「束」，原爲「來」，據《畿輔通志》改。
〔注二〕「巘」，原爲「巚」，據國圖藏鈔本改。
〔注三〕「縈」，原爲「滎」，據《畿輔通志》改。
〔注四〕「列」，原爲「到」，據《畿輔通志》改。
〔注五〕「舂」，原爲「春」，據《畿輔通志》改。
〔注六〕「函」，原爲「亟」，據《畿輔通志》改。
〔注七〕「閑」，原爲「間」，據國圖藏鈔本改。

關北五里，今敕建永明寶相寺，宮殿甚壯麗，塔跨於通衢，車騎皆過其下。

疊嶂緣青冥，峭絶兩崖束。〔注一〕盤盤龍虎踞，岑巘互迴伏。〔注二〕重關設天險，王氣輿坤軸。皇靈廣覆被，四海同軌躅。至今豪俠人，危眺屢驚縮。崎嶇棧閣峻，縈紆岡澗曲。〔注三〕環村列墟市，〔注四〕鑿翠構盧屋。溪舂激岩溜，〔注五〕山田雜稌菽。絶頂得幽勝，人烟稍聯屬。浮圖壓廣路，臺殿出層麓。白雲隱疏鐘，落日帶喬木。豈須嘆蜀道，正可誇函谷。〔注六〕居人遠念我，叩馬苦留宿。恐辜殷勤情，解鞍看山瀑。

隨駕度居庸關

居庸確據萬重山，南北門分作漢關。鼓角動時森虎衛，旌旗行處識龍顔。禪宮路轉風烟合，御苑春深草樹閑。〔注七〕待得長楊圍獵罷，又隨車騎此中還。

雲臺石閣

明　雷　宗　本衛

横衢高閣駕雲頭，遺輿扶笻作勝游。上逼丹霄摩獸吻。下臨碧澗瞰龍湫。闌干吟倚雙眸豁，樹杪風來萬壑秋。自是紅塵飛不到，恍疑身世在瀛洲。

彈琴峽

明 吴擴

懸崖峭壁磴千盤，峽裏天光一綫看。繞澗琴聲聽不盡，分明流水曲中彈。

過居庸

明 黄晋

連山東北趨，中斷忽如鑿。萬古爭一門，天險不可薄。聖人大無外，善閉非鍵鑰。車行已方軌，關吏徒擊柝。〔注一〕居民動成市，盧井互聯絡。幽龕白雲聚，石磴清泉落。地雖臨要衝，〔注二〕俗乃近淳樸。政須記桃源，不必銘劍閣。

過居庸有懷張侍御閉關忠烈

明 陳講 四川

驄史巡關日，天王出狩初。重門堅鎖鑰，八駿擁旌旗。絶塞狼烟驚，窮边扈蹕疏。蒙塵嗟往代，土木概前車。白髮憂時泪，丹心諫獵書。逆鱗甘濺血。〔注三〕叩馬擬牽裾。〔注四〕忠義臨天日，肝腸達乘輿。金吾宣詔命，鐵甲返宸居。九廟靈光靄，千官喜氣舒。百年傳故事，青史載芳譽。

居庸關

明 王英

千峰高處起層城，空裏宫嶢積翠明。雲静芙蓉開霽色，天清鼓角散秋聲。北連紫塞烽烟斷，

〔注一〕「徒」，原爲「從」。「柝」，原爲「析」。均據國圖藏鈔本改。

〔注二〕「地」，原爲「城」，據《文獻集》改。

〔注三〕「甘」，原爲「井」，據國圖藏鈔本改。

〔注四〕「裾」，原爲「据」，據國圖藏鈔本。

南接金臺驛路平。此地由來稱設險，萬年形勢壯
神京。

八達嶺明殉難余守備

務關同知周碩勳長沙

八達嶺上鳥飛絕，八達嶺下沙如雪。折戟雖消出劫灰，〔注一〕知是何年戰爭血。塞上書生古鬚眉，自言世家居邊陲。秦晉寇氛聲息警，駐關守將是男兒。揮淚誓師同敵愾，身先士卒忍調饑。羽書告急監軍怒，霄雲指斷無能爲。堞樓轟雷賊辟易，但能一發佛狼機。通判者誰賣國子，平生傲岸輕武士。反顔爲賊脅將軍，只道將軍亦怕死。白金五百將啖誰，視弃雄關如敝屣。〔注二〕長劍在匣吼蛟螭，將軍佯許豎降旗。虎視甕門伺賊入，一刺空類沙中推。將軍英姿豈多有，可憐莫展擒王手。〔注三〕喪元慷慨出自裁，屹立如山可無首。至今憑吊久唏嘘，只記將軍舊姓余。芳名軼事留空谷，稗官野史未曾書。我聞此語三嘆息，明社披離勢孔棘。撥亂反正乏奇才，究竟思陵無失德。吁嗟咫尺壞長城，〔注四〕彗星直入纏宸極。寧武忠魂血未乾，死爲厲鬼同殺賊。崇禎甲申三月初一日，闖賊陷寧武關，總兵周遇吉與賊大戰城下，死之。其妻劉夫人督婦女巷賊，矢盡亦死。朝廷次第发幽光，浩气丹心映

〔注一〕「戟」，原爲「戰」，據文意改。

〔注二〕「屣」，原爲「履」，據北大圖藏鈔本改。

〔注三〕「手」，原爲「平」，據國圖藏鈔本改。

〔注四〕「壞」，原爲「壤」，據國圖藏鈔本改。

紫塞。乾隆十年八月，晉撫疏請周總兵編入祀典，下部議，允行。當年通判等死耳，相逢地下何顏色。

殉節詩和周司馬韵

宗人府主事 王文清 寧鄉

丹心黯黯青編絶，守死武臣何日雪。天教野老訟忠魂，百年忽瀝關城血。將軍才大未揚眉，僅以偏裨隸北陲。輪平官賊同心久，几上肉餘孤健兒。萬丈雄關皆破竹，况復羸軍寒且饑。大具一聲如霹靂，黄金滿斗烏用爲。許降誘敵計已定，擒王射馬費心機。豈料刀頭逸賊子，不殺渠魁殺校士。〔注一〕才身突攖亂刃鋒，斷頭將軍格戰死。死時壁立不可推，自擲頭顱如脱屣。英魂此去更何之，應護龍顔揚前旗。天上若令司壁壘，將軍自是脱穎錐。可憐此事亡國有，何如不落史臣手。〔注二〕白頭來説鬚髯張，乾坤震盪空搔首。西河司馬爲唏嘘，傳成忠節其姓余。周司馬爲立傳。勒就雄關一片石，覽者如搜前代書。三古直道今未息，誰云大義淪荆棘。秋原磷火灼潛光，始信蒸民好懿德。吁嗟乎！神京吭背在居庸，八達横雲何峻極。早將鎖鑰付斯人，〔注三〕何處飛來關外賊。骨封金鏃陣雲消，浩氣横空長充塞。我欲來此補遺編，萬古守臣應物色。

〔注一〕「魁」，原爲「賊」，據國圖藏鈔本改。

〔注二〕「手」，原爲「予」，據上下文意及韵脚改。

〔注三〕「鎖」，原爲「鎮」，據國圖藏鈔本改。